Fernando Pessoa

144 Vierzeiler

Aus dem Portugiesischen von
Georg Rudolf und Josefina Lind

Ammann Verlag

Satz: Gaby Michel, Gießen
Druck: Offizin Andersen Nexö, Leipzig
ISBN 3-250-10221-0

144 Vierzeiler

1.

Cantigas de portugueses
São como barcos no mar –
Vão de uma alma para outra
Com riscos de naufragar.

2.

Eu tenho um colar de pérolas
Enfiado para te dar:
As per'las são os meus beijos,
O fio é o meu penar.

27. 8. 1907

Die Lieder der Portugiesen
Sind wie die Schiffe auf See –
Sie ziehen von Seele zu Seele
Und drohen unterzugehn.

Ich hab' eine Perlenkette
Aufgefädelt für dich:
Die Perlen sind meine Küsse,
Der Faden mein darbendes Ich.

3.

A terra é sem vida, e nada
Vive mais que o coração...
E envolve-te a terra fria
E a minha saudade não!

19. 11. 1908

4.

Deixa que um momento pense
Que ainda vives ao meu lado...
Triste de quem por si mesmo
Precisa ser enganado!

Die Erde ist ohne Leben,
Und nichts lebt mehr als das Herz…
Und dich hüllt die kalte Erde
Und nicht mein sehnender Schmerz!

Laß mich ein Weilchen noch meinen,
Du lebtest an meiner Seite…
Der ist wohl recht zu beklagen,
Der sich betrügt in seinem Leide.

5.

Morto, hei-de estar ao teu lado
Sem o sentir nem saber…
Mesmo assim, isso me basta
P'ra ver um bem em morrer.

6.

Não sei se a alma no Além vive…
Morreste! E eu quero morrer!
Se vive, ver-te-ei; se não,
Só assim te posso esquecer.

20. 11. 1908

Ich werde neben dir liegen,
Tot, ohne davon zu wissen…
Selbst das genügt mir noch völlig,
Um gerne sterben zu müssen.

Ich weiß nicht, ob die Seele im Jenseits lebt…
Du starbst! Und sterben will ich!
Lebt sie, werde ich dich sehen; wenn nicht,
Kann nur so ich vergessen dich.

7.

Se ontem à tua porta
Mais triste o vento passou –
Olha: levava um suspiro...
Bem sabes quem to mandou...

20. 11. 1908

8.

Entreguei-te o coração,
E que tratos tu lhe deste!
É talvez por 'star estragado
Que ainda não mo devolveste...

Wenn gestern der Wind betrübter
An deine Tür gedrückt. –
So merk dir: Er trug einen Seufzer…
Du weißt wohl, wer ihn geschickt.

Ich hab' dir mein Herz anvertraut,
Und wie hast du es mißhandelt!
Du hast es für dich behalten,
Nachdem du es ganz verschandelt…

9.

A caixa que não tem tampa
Fica sempre destapada
Dá-me um sorriso dos teus
Porque não quero mais nada.

17. 7. 1934

10.

Tens o leque desdobrado
Sem que estejas a abanar.
Amor que pensa e que pensa
Começa ou vai acabar.

Auf jeden Topf ein Deckel,
Nur ich bleib' deckellos,
Schenk mir ein einziges Lächeln,
Dann bin ich den Wunsch los.

Du hast deinen Fächer geöffnet,
Doch fächelst keine Luft dir zu.
Liebe, die immer nur nachdenkt,
Beginnt oder gehet zur Ruh.

11.

Duas horas te esperei
Dois anos te esperaria.
Dize: devo esperar mais?
Ou não vens porque inda é dia?

12.

Toda a noite ouvi no tanque
A pouca água a pingar.
Toda a noite ouvi na alma
Que não me podes amar.

Zwei Stunden hab' ich gewartet,
Zwei Jahre auf dich ich warten mag.
Sag, soll ich noch länger warten?
Oder kommst du nicht, weil es noch Tag?

Die ganze Nacht über hört' ich
Das Wasser plätschern im Teiche,
Die ganze Nacht in der Seele,
Daß ich dein Herz nicht erweiche.

13.

Dias são dias, e noites
São noites e não dormi…
Os dias a não te ver
As noites pensando em ti.

14.

Trazes a rosa na mão
E colheste-a distraída…
E que é do meu coração
Que colheste mais sabida?

Tage sind Tage, und Nächte
Nächte, schlaflos durchwacht.
Tags, weil ich dich nicht gesehen,
Nachts, weil ich an dich gedacht.

Die Rose trägst du in Händen
Und hast sie so achtlos gepflückt,
Wie wird mein Herz nur enden,
Das du viel geschickter geknickt?

15.

Teus olhos tristes, parados,
Coisa nenhuma a fitar...
Ah meu amor, meu amor,
Se eu fora nenhum lugar!

16.

Depois do dia vem noite,
Depois da noite vem dia,
E depois de ter saudades
Vêm as saudades que havia.

Deine Augen verweilen traurig
Und schauen gar nichts an…
Ich frage mich nur, mein Liebchen,
Wie ich dies Nichts sein kann!

Auf Tage folgen Nächte,
Der Tag folgt auf die Nacht,
Und auf die gespürte Sehnsucht
Folgt frühere Sehnsucht mit Macht.

17.

No baile em que dançam todos
Alguém fica sem dançar.
Melhor é não ir ao baile
Do que estar lá sem lá estar.

4. 8. 1934

18.

Vale a pena ser discreto?
Não sei bem se vale a pena.
O melhor é estar quieto
E ter a cara serena.

18. 8. 1934

Beim Ball, bei dem alle tanzen,
Muß einer beiseite stehn.
Besser ist's, nicht zu erscheinen,
Als nicht im Tanze sich drehn.

Lohnt es sich, diskret zu sein?
Ob sich's lohnt, ich weiß es nicht.
Am besten, man verhält sich ruhig
Und trägt ein heiteres Gesicht.

19.

Rosmaninho que me deram,
Rosmaninho que darei,
Todo o mal que me fizeram
Será o bem que eu farei.

20.

Tenho um relógio parado
Por onde sempre me guio.
O relógio é emprestado
E tem as horas a fio.

Rosmarin hab' ich bekommen,
Rosmarin will ich verschenken;
Den, der Böses mir getan hat,
will mit Gutem ich bedenken.

Die Uhr ist stehngeblieben
Nach der ich mich stets richt'.
Die Uhr, sie ward mir geliehn,
Doch Stunden zeigt sie nicht.

21.

Quando é o tempo do trigo
É o tempo de trigar.
A verdade é um postigo
A que ninguém vem falar.

22.

Levas chinelas que batem
No chão com o calcanhar.
Antes quero que me matem
Que ouvir esse som parar.

25. 8. 1934

Wenn der Weizen reif ist,
Zeit wird's, daß man mäht.
Vor dem Schalter »Wahrheit«
Niemand Schlange steht.

Hausschuh trägst du, und sie
Klappern durch die Zimmer.
Dieses Klappern missen
Möcht' ich wahrlich nimmer.

24.

Teus brincos dançam se voltas
A cabeça a perguntar.
São como andorinhas soltas
Que inda não sabem voar.

25.

Tens uma rosa na mão.
Não sei se é para me dar.
As rosas que tens na cara,
Essas sabes tu guardar.

Deine Ohrgehänge schaukeln
Hin und her im Wind.
Sind wie lose Schwalben,
Die noch nicht flügge sind.

Eine Rose in der Hand
Seh' ich dich verwahren.
Im Gesicht die Rosen
Weißt du wohl zu sparen.

26.

Fomos passear na quinta,
Fomos à quinta em passeio.
Não há nada que eu não sinta
Que me não faça um enleio.

27.

Os alcatruzes da nora
Andam sempre a dar e dar,
É para dentro e p'ra fora
E não sabem acabar.

Auf dem Landgut wir gingen spazieren,
Spazieren wir gingen auf dem Gut.
Und nun kann ich gar nichts mehr fühlen,
Was mich nicht verzaubern tut.

Unsres Schöpfrads Eimer
Drehn sich in der Runde.
Schütten Wasser aus und
Ruhen keine Stunde.

28.

Ó minha menina loura,
Ó minha loura menina,
Dize a quem te vê agora
Que já foste pequenina...

29.

Levas uma rosa ao peito
E tens um andar que é teu...
Antes tivesses o jeito
De amar alguém, que sou eu.

Du mein blondes Mädchen,
Mädchen blond und fein,
Niemand, der dich jetzt sieht,
Glaubt, daß du je klein.

Schmuck mit einer Rose
Seh' ich schreiten dich.
Besser wär's, du liebtest
Jemand, nämlich mich.

30.

Tens um livro que não lês,
Tens uma flor que desfolhas;
Tens um coração aos pés
E para ele não olhas.

31.

Nunca dizes se gostaste
Daquilo que te calei.
Sei bem que o adivinhaste
O que pensaste não sei.

Du entblätterst Blumen,
Legst dein Buch zurück;
Hast mein Herz zu Füßen,
Gönnst ihm keinen Blick.

Was ich dir verschwiegen,
Hat's dich froh gemacht?
Daß du's ahntest, weiß ich,
Nicht, was du gedacht.

33.

Tive uma flor para dar
A quem não ousei dizer
Que lhe queria falar,
E a flor teve que morrer.

35.

Todos os dias eu penso
Naquele gesto engraçado
Com que pegaste no lenço
Que estava esquecido ao lado.

Eine Blume wollt' ich geben
Ihr, der stolzen, herben,
War zu schüchtern, sie zu sprechen,
Und die Blume mußte sterben.

Alle Tage muß ich denken,
Mit welch reizender Gebärde
Du das Tüchlein aufgehoben,
Das vergessen auf der Erde.

38.

Ouvi-te cantar de dia.
De noite te ouvi cantar.
Ai de mim, se é de alegria!
Ai de mim, se é de penar!

39.

Por um púcaro de barro
Bebe-se a água mais fria.
Quem tem tristezas não dorme,
Vela para ter alegria.

Singen hört' ich dich bei Tage,
Singen hört' ich dich bei Nacht.
Weh mir, wenn du froh gewesen,
Weh mir, wenn es Leid gebracht.

Aus dem Tonkrug trinkt man
Wasser frisch und rein.
Wer da traurig, schläft nicht,
Wacht, um froh zu sein.

40.

O malmequer que arrancaste
Deu-te nada no seu fim,
Mas o amor que me arrancaste,
Se deu nada, foi a mim.

41.

Teu xaile de seda escura
É posto de tal feição
Que alegre se dependura
Dentro do meu coração.

Ausgerißne Margerite,
Sie war am Ende nichts für dich;
Wem die Liebe nichts gebracht hat,
Den du rupftest, das war ich.

Den Schal aus dunkler Seide
Hast du so umgelegt,
Daß er sich froh und heiter
In meinem Herzen regt.

42.

O manjerico comprado
Não é melhor que o que dão.
Põe o manjerico ao lado
E dá-me o teu coração.

47.

Tenho vontade de ver-te,
Mas não sei como acertar.
Passeias onde não ando,
Andas sem eu te encontrar.

Das gekaufte Basilikumsträußchen
Ist besser als das geschenkte nicht.
Das Basilikum lege beiseite,
Und verschenke dein Herz an mich.

Ich möchte dich gerne sehen,
Weiß nicht, wie fang' ich's an.
Du bist dort, wo ich nicht gehe,
Und dich auch nicht finden kann.

50.

O burburinho da água
No regato que se espalha
É como a ilusão que é mágoa
Quando a verdade a baralha.

51.

Leve sonho, vais no chão
A andares sem teres ser.
És como o meu coração
Que sente sem nada ter.

Das Wasser, das da murmelnd
Im Bache talwärts irrt,
Ist wie Täuschung, die Schmerz wird,
Wenn Wahrheit sie verwirrt.

Leichter Traum, schwebst auf dem Boden,
Gehst dahin und hast kein Sein.
Darin gleichst du meinem Herzen,
Das da fühlt und ist allein.

52.

Vai alta a nuvem que passa.
Vai alto o meu pensamento
Que é escravo da tua graça
Como a nuvem o é do vento.

53.

Ambos à beira do poço
Achamos que é muito fundo.
Deita-se a pedra, e o que eu ouço
É teu olhar, que é meu mundo.

Wie hoch treibt diese Wolke dort,
Wie hoch mein Gedanke geschwind,
Der Sklave ist von deiner Gnade
Wie die Wolke vor dem Wind.

Wir stehen am Rand des Brunnens,
In den der Stein fällt und fällt.
Was ich dabei vernommen,
Ist dein Blick, ist meine Welt!

54.

Aquela senhora velha
Que fala com tão bom modo
Parece ser uma abelha
Que nos diz: »Não incomodo.«

56.

Boca com olhos por cima
Ambos a estar a sorrir…
Já sei onde está a rima
Do que não ouso pedir.

Die alte Frau dort drüben,
Die so gefällig spricht,
Scheint mir wie eine Biene,
Die sagt: »Ich störe nicht.«

Du Mund mit den Augen darüber,
Und beide lächeln so schön,
Ich weiß schon, wonach mir der Reim steht,
Und wage es nicht zu gestehn.

58.

Tinhas um pente espanhol
No cabelo português,
Mas quando te olhava o sol,
Eras só quem Deus te fez.

12. 9. 1934

60.

Acendeste uma candeia
Com esse ar que Deus te deu.
Já não é noite na aldeia
E, se calhar, nem no céu.

Du trugst einen spanischen Kamm
Im portugiesischen Haar.
Aber als die Sonne dich ansah,
Warst du allein nur noch wahr.

Du hast ein Licht angezündet
Mit deiner gottähnlichen Macht.
Nun ist es nicht finster im Dorfe
Und im Himmel wohl auch keine Nacht.

62.

Não digas mal de ninguém,
Que é de ti que dizes mal.
Quando dizes mal de alguém
Tudo no mundo é igual.

63.

Todas as coisas que dizes
Afinal não são verdade.
Mas, se nos fazem felizes,
Isso é a felicidade.

12. 9. 1934

Von niemand sollst Übles du sprechen,
Und sprichst von dir selber nur schlecht.
Wer von anderen nur Übles kann reden,
Dem ist in der Welt nichts mehr recht.

Du sagst ja so viele Dinge,
Doch am End' sind sie nicht wahr.
Aber sie machen uns alle so glücklich
Und gleichen dem Glück auf's Haar.

64.

Dás nós na linha que cose
Para que páre no fim.
Por muito que eu pense e ouse,
Nunca dás nó para mim.

65.

Não sei em que coisa pensas
Quando coses sossegada…
Talvez naquelas ofensas
Que fazes sem dizer nada.

13. 9. 1934

Du knotest den nähenden Faden,
Damit er halte am End'.
Soviel ich auch denke und wage,
Verknotest nie meine Händ'.

Ich weiß nicht, woran du magst denken,
Wenn du sitzt beim Nähen so still,
Vielleicht an den üblen Schaden,
Auch wenn du's gestehn nicht willst.

66.

As gaivotas, tantas, tantas,
Voam no rio pró mar…
Também sem querer encantas,
Nem é preciso voar.

71.

Não sei que grande tristeza
Me fez só gostar de ti
Quando já tinha a certeza
De te amar porque te vi.

Die Möwen, die vielen Möwen
Fliegen vom Fluß hin zum Meer.
Du kannst ganz allein mich verzaubern,
Brauchst gar nicht zu fliegen mehr.

Ich weiß nicht, welch große Trauer
Mich zwang zu mögen nur dich.
Doch kaum hatt' ich dich gesehn,
Gewiß war, nur dich liebte ich.

74.

Se há uma nuvem que passa
Passa uma sombra também
Ninguém diz que é desgraça
Não ter o que se não tem.

22. 9. 1934

76.

Dá-me um sorriso ao domingo,
Para à segunda eu lembrar.
Bem sabes: sempre te sigo
E não é preciso andar.

Wenn eine Wolke vorbeizieht,
Zieht auch ein Schatten daher.
Niemand sagt, das sei ein Unglück,
Verlorenes hat man nicht mehr.

Schenk mir am Sonntag ein Lächeln,
Am Montag denk' ich an dich,
Du weißt: Ich folge dir immer,
Zu gehen brauche ich nicht.

78.

Pobre do pobre que é ele
E não é quem se fingiu!
Por muito que a gente vele
Descobre que já dormiu.

79.

Não me digas que me queres
Pois não sei acreditar.
No mundo há muitas mulheres
Mas mentem todas a par.

23. 9. 1934

Er ist der Ärmste der Armen
Und hat sich doch nie verstellt.
Und sind wir auch noch so wachsam,
Verschlafen wir die halbe Welt.

Nun sage mir ja nicht, du magst mich.
Dir glauben, das kann ich nicht.
Die Welt hat ja so viele Frauen,
Doch sie lügen die gleiche Geschicht'.

81.

Ó loura dos olhos tristes
Que me não quis escutar…
Quero só saber se existes
Para ver se te hei-de amar.

83.

O moinho de café
Mói grãos e faz deles pó.
O pó que a minh'alma é
Moeu quem me deixa só.

Du Blonde mit traurigen Augen
Hast kein Ohr für mich…
Möcht' wissen, ob du wirklich vorhanden,
Dann könnt' ich lieben dich.

Die Mühle hat Kaffee gemahlen
Und mahlet die Bohnen zu Staub.
Sie mahlte zu Staub meine Seele,
Mit der ich einsam mich quäle.

85.

Tenho um livrinho onde escrevo
Quando me esqueço de ti.
É um livro de capa negra
Onde inda nada escrevi.

86.

Olhos tristes, grandes, pretos,
Que dizeis sem me falar
Que não há filhos nem netos
De eu não querer amar.

Ich schreibe stets in ein Büchlein,
Wenn du mir gehst aus dem Sinn.
Das Buch ist schwarz eingebunden,
Doch es steht keine Zeile darin.

Traurig große schwarze Augen
Deuten ohne Sprechen an:
Kinder, Enkel wird's nicht geben,
Die ich nicht lieben kann.

87.

Meu coração a bater
Parece estar-me a lembrar
Que, se um dia te esquecer,
Será por ele parar.

88.

Quantas vezes a memória
Para fingir que inda é gente,
Nos conta uma grande história
Em que ninguém está presente.

Mein Herzschlag will mich erinnern,
Es scheint, daß er sagen will:
Sollt' ich dich einmal vergessen,
Stünd' mein Herz auf einmal still.

Wie oft narrt uns das Erinnern
Und tut, als ob es groß sei und »wer«,
Und erzählt uns große Geschichten,
In denen wohnt niemand mehr.

91.

A laranja que escolheste
Não era a melhor que havia.
Também o amor que me deste
Qualquer outra mo daria.

94.

Tome lá, minha menina,
O ramalhete que fiz.
Cada flor é pequenina,
Mas tudo junto é feliz.

Diese Orange, die du wähltest,
War die beste sicher nicht.
Auch die Liebe, die du mir schenktest,
Auf die hätte ich gern verzicht'.

Da nimm hin, mein kleines Fräulein,
Diesen Strauß, den ich gepflückt,
Leider klein ist jedes Blümchen,
Doch das Ganze ist geglückt.

101.

Quando a manhã aparece
Dizem que nasce alegria.
Isso era se Ela viesse.
Até de noite era dia.

102.

Nuvem alta, nuvem alta,
Porque é que tão alta vais?
Se tens o amor que me falta,
Desce um pouco, desce mais!

Wenn der Morgen heraufzieht,
Viel Freude er bringen mag.
Eilte doch nur SIE herbei,
Wandelte die Nacht sich zum Tag.

Hohe Wolke, hohe Wolke,
Wohin treibst du dort so munter?
Trägst die Liebe, die mir fehlet?
Na dann komm, komm doch herunter.

105.

O avental, que à gaveta
Foste buscar, não terá
Algibeira em que me meta
Para estar contigo já?

107.

Rouxinol que não cantaste,
Gaio que não cantarás,
Qual de vós me empresta o canto
Para ver o que ela faz?

Zu der Lade gingst du grade,
Eine Schürze dir zu holen.
Wär da nicht ein kleines Täschlein,
Wo ich reinkröch', ganz verstohlen?

Nachtigall, hast nicht gesungen,
Häher, verklungen ist dein Krähn,
Wer von euch leiht mir sein Singen,
Um von fern ihr zuzusehn?

110.

»Vou trabalhando a peneira
E pensando assim assim.
Eu não nasci para freira.
Gosto que gostem de mim.«

2. 11. 1934

115.

Quero lá saber por onde
Andaste todo este dia!
Nunca faz bem quem se esconde…
Mas onde foste, Maria?

Bei der Arbeit mit dem Siebe
Denk' ich mir so dies und das,
Bin zur Nonne nicht geboren,
Viel begehrt sein macht mir Spaß!

Wo du heute wohl gewesen,
Will ich gar nicht wissen, nie!
Tut nicht gut, sich zu verstellen…
Doch, wo warst du denn, Marie?

117.

O cravo que tu me deste
Era de papel rosado.
Mas mais bonito era inda
O amor que me foi negado.

118.

Trazes os sapatos pretos
Cinzentos de tanto pó.
Feliz é quem tiver netos
De quem tu sejas avó!

Die Nelke, die du mir gegeben,
War aus rosa Seidenpapier.
Viel schöner wär' es gewesen,
Hättst Liebe mir gegeben dafür.

Deine schönen schwarzen Schuhe
Sind vom Staube schon ganz grau,
Glücklich der, der hätte Enkel
Und dich, die Großmutter, zur Frau!

120.

Moreninha, moreninha,
Com olhos pretos a rir.
Sei que nunca serás minha,
Mas quero ver-te sorrir.

124.

O sino dobra a finados.
Faz tanta pena a dobrar!
Não é pelos teus pecados
Que estão vivos a saltar.

Braunes Mädchen, braunes Mädchen,
Schwarze Augen lachen so.
Niemals wirst du mal die meine,
Doch dein Lächeln macht mich froh.

Die Glocke läutet den Toten,
Wie schmerzt ihr trauriges Klingen.
Sie läutet nicht deinen Sünden,
Die sind zu lebendig und springen.

127.

Já duas vezes te disse
Que nunca mais te diria
O que te torno a dizer
E fica para outro dia.

130.

Olhos de veludo falso
E que fitam a entender,
Vós sois o meu cadafalso
A que subo com prazer.

Schon zweimal mußt' ich dir sagen,
Was ich gar nicht mehr sagen mag.
Einmal werd ich's noch sagen,
Aber morgen ist auch noch ein Tag.

O ihr samtig falschen Augen,
Ihr schaut so voll Verständnis,
Seid ihr doch mein schönster Galgen
Und mein seliges Verhängnis.

131.

Duas vezes eu tentei
Dizer-te que te queria,
E duas vezes te achei
Só a que falava e ria.

133.

Tenho um desejo comigo
Que hoje te venho dizer:
Queria ser teu amigo
Com amizade a valer.

Zweimal mußte ich es wagen,
Meine Liebe zu gestehn,
Zweimal mußte ich ertragen,
Dich nur spöttisch lachen sehn.

Ich habe einen Wunsch tief verborgen,
Den heute ich sagen möcht'.
Ich wollte so gerne dein Freund sein,
In Freundschaft, wahrhaft und echt.

134.

És Maria da Piedade,
Pois te chamaram assim.
Sê lá Maria à vontade,
Mas tem piedade de mim.

135.

Tu és Maria da Graça,
Mas a que graça é que vem
Ser essa graça a desgraça
De quem a graça não tem?

Du heißest Maria – die Fromme,
So nennen alle hier dich,
Maria magst du ja heißen
Und hast doch kein Erbarmen für mich.

Du heißest Maria voll der Gnade,
Doch wo kommt die Gnade bloß her?
Begnadet nur zur Un-Gnade,
Kennst Gnade du nimmermehr.

139.

Vai longe, na serra alta,
A nuvem que nela toca...
Dá-me aquilo que me falta –
Os beijos da tua boca.

3. 4. 1935

142.

Entornaram-me o cabaz
Quando eu vinha pela estrada.
Como ele estava vazio,
Não houve loiça quebrada.

Weit oben, über hohe Berge
Treibt die Wolke, die sie berührt.
Ach, gib mir, was mir so nottut,
Daß mein Mund deine Küsse verspürt.

Sie haben mir den Korb umgeworfen,
Als ich wanderte auf der Straß',
Aber er war ja ganz leer,
Es gab kein zerbrochenes Glas.

144.

Castanhetas, castanholas –
Tudo é barulho a estalar.
As que ao negar são mais tolas
São mais espertas ao dar.

145.

O manjerico e a bandeira
Que há no cravo de papel –
Tudo isso enche a noite inteira,
Ó boca de sangue e mel.

Kastagnetten, Kastagnetten,
Alles lärmt und alles kracht,
Die sich dümmlich weigern, zieren,
Sind beim Geben schlau bedacht.

Auf der Nelke aus Seidenpapier
Steht ein Verslein auf weißem Grund,
Das erfüllet die ganze Nacht mir,
Ein purpurroter Honigmund.

146.

Tem a filha da caseira
Rosas na caixa que tem.
Toda ela é uma rosa inteira
Mas não a cheira ninguém.

149.

Aquela loura de preto
Com uma flor branca ao peito,
É o retrato completo
De como alguém é perfeito.

Die Tochter der Hausmeisterin,
Sie hat einen Korb voller Rosen.
Unter den Rosen die schönste sie ist,
Doch niemand darf sie liebkosen.

Die in Schwarz gehüllte Blonde,
Eine weiße Blume ans Kleid gesteckt,
Ist das ganz vollendete Bildnis
Von einer, die wirklich perfekt.

151.

Vem cá dizer-me que sim.
Ou vem dizer-me que não.
Porque sempre vens assim
P'ra ao pé do meu coração.

156.

A abanar o fogareiro
Ela corou do calor.
Ah, quem a fará corar
De um outro modo melhor!

Nun komm her und sag mir: Ja,
Oder komm her und sag mir: Nein.
Wie immer du auch daherkommst,
Wirst nah dem Herzen mir sein.

Beim Fächeln des Kohlenfeuers,
Die Glut sie bracht' zum Erröten.
Wem könnte es wohl gelingen,
Sie zu hellerem Glühen zu bringen?

158.

Dona Rosa, Dona Rosa,
De que roseira é que vem,
Que não tem senão espinhos
Para quem só lhe quer bem?

161.

Tenho um segredo a dizer-te
Que não te posso dizer.
E com isto já to disse
Estavas farta de o saber…

Dona Rosa, Dona Rosa,
Was ist Ihrer Rosen Art?
Warum haben Sie nur Dornen,
Für den, der Sie liebt so zart?

Ein Geheimnis möcht' ich dir sagen,
Und ich kann es sagen nicht mehr.
Damit hab' ich's schon verraten,
Du kennst es und noch viel mehr.

163.

Rezas porque outros rezaram,
E vestes à moda alheia...
Quando amares vê se amas
Sem teres o amor na ideia.

170.

Dá-me um sorriso daqueles
Que te não servem de nada
Como se dá às crianças
Uma caixa esvaziada.

Du betest wie es der Brauch,
Wählst Kleidung wie andere auch.
Willst Liebeslust du verschenken,
Mußt an wahre Liebe nicht denken.

Schenk mir eins von deinen Lächeln,
Das dir selber nichts mehr wert,
Wie man schenkt den kleinen Kindern
Eine Schachtel, die geleert.

172.

Rezas a Deus ao deitar-te
Pedindo não sei o quê.
Se rezasses ao Demónio,
Eu saberia o que é.

174.

Uma boneca de trapos
Não se parte se cair.
Fizeste-me a alma em farrapos...
Bem: não se pode partir.

Abends, wenn du schlafen gehst,
Betest du zu Gott, nicht wahr?
Würdest du zum Teufel beten,
Wär' mir längstens alles klar.

Eine Puppe aus alten Fetzen
Beim Fallen sie nicht zerbricht,
Du zerfetzt mir die Seele zu Lumpen,
Doch im Fallen zerbricht sie nicht.

177.

Compreender um ao outro
É um jogo complicado,
Pois quem engana não sabe
Se não estava enganado.

182.

Tens um anel imitado
Mas vais contente de o ter.
Que importa o falsificado
Se é verdadeiro o prazer.

Einander recht zu verstehen
Ist ein Spiel, das wirklich sehr schwer,
Der Betrüger, nie kann er wissen,
Ob er nicht betrogen viel mehr.

Am Finger steckt dir ein unechter Ring,
Er scheint dir am Herzen zu liegen,
Was bedeutet schon das Gefälschte,
Wenn es bringt das echte Vergnügen?

213.

Na quinta que nunca houve
Há um poço que não há
Onde há-de ir encontrar água
Alguém que te entenderá.

214.

Voam débeis e enganadas
As folhas que o vento toma.
Bem sei: deitamos os dados
Mas Deus é que deita a soma.

Auf dem Gut, das es niemals gegeben,
Ist ein Brunnen, den es nicht gibt.
Dort wird einmal Wasser finden,
Jemand, der dich wirklich liebt.

Verwirrt fliegen leichte Blätter,
Vom Wind durcheinander gefegt.
Ich weiß, wir werfen die Würfel,
Aber Gott hat die Summe gelegt.

216.

Do alto da torre da igreja
Vê-se o campo todo em roda.
Só do alto da esperança
Vemos nós a vida toda.

225.

Baila o trigo quando há vento,
Baila porque o vento o toca.
Também baila o pensamento
Quando o coração provoca.

Vom Kirchturm ganz in der Höh'
Sehn wir das Land uns umgeben,
Doch nur vom Gipfel der Hoffnung,
Erschaun wir das ganze Leben.

Es tanzet das Korn im Winde,
Es tanzt, weil der Wind es berührt.
So tanzen auch die Gedanken,
Wenn das Herz sie dazu verführt.

229.

Eu voltei-me para trás
Para ver se te voltavas.
Há quem dê favas aos burros,
Mas eles comem as favas.

232.

Se eu te pudesse dizer
O que nunca te direi,
Tu terias que entender
Aquilo que nem eu sei.

Ich wandte den Kopf zurück,
Um zu sehn, ob auch du es getan,
Den Eseln gibt man Bohnen zum Fraße –
Aber sie, sie nehmen sie an.

Ach, könnt' ich doch einmal gestehn,
Was ich niemals kann sagen dir.
Vielleicht könntest du dann verstehn,
Was nicht einmal ich weiß von mir.

235.

Descasquei o camarão,
Tirei-lhe a cabeça toda.
Quando o amor não tem razão
É que o amor incomoda.

236.

Cabeça de ouro mortiço
Com olhos de azul do céu,
Quem te ensinou o feitiço
De me fazer não ser eu?

Als ich die Garnele schälte,
Riß ich ab den ganzen Kopf.
Wenn die Liebe gar kein Recht hat,
Ist man nur ein armer Tropf.

Du Haupt mit mattgoldenem Haar,
Mit Augen wie der Himmel so blau.
Wer lehrt dich den Zauber, fürwahr,
Daß ich mein Selbst nicht mehr schau'?

238.

Tiraste o linho da arca,
Da arca tiraste o linho.
Meu coração tem a marca
Que lhe puseste mansinho.

239.

Ao dobrar o guardanapo
Para o meteres na argola
Fizeste-me conhecer
Como um coração se enrola.

Du nahmst aus der Truhe das Leinen,
Das Leinen du nahmst aus der Truh'.
Mein Herz trägt nun deinen Stempel,
Der läßt ihm nimmermehr Ruh'.

Beim Falten einer Serviette
Führst du in den Ring sie ein.
So tust du es mit meinem Herzen
Und ziehst es zu dir hinein.

240.

Quando eu era pequenino
Cantavam para eu dormir.
Foram-se o canto e o menino.
Sorri-me para eu sentir!

241.

Meia volta, toda a volta,
Muitas voltas de dançar…
Quem tem sonhos por escolta
Não é capaz de parar.

Zu der Zeit, als ich ein Bübchen,
Sangen sie mir Wiegenlieder.
Fort sind Bübchen und Gesang,
Lächle, daß ich fühl' es wieder.

Halbe Runde, ganze Runde,
So viel Runden gilt's zu drehn.
Wer den Traum hat zum Geleite,
Der kann niemals stillestehn.

243.

No dia em que te casares
Hei-de te ir ver à Igreja
Para haver o sacramento
De amar-te alguém que ali esteja.

245.

Toda a noite ouvi os cães
P'ra manhã ouvi os galos.
Tristeza – vem ter connosco.
Prazeres – é ir achá-los.

Am Tage deiner Hochzeit
In der Kirche steh' auch ich,
Dann gibt's bei der heilgen Handlung
Wenigstens einen, der liebt dich.

Nachts hör' ich die Hunde bellen,
Morgens früh die Hähne krähn,
Traurigkeit kommt uns besuchen,
Freude muß man suchen gehn.

247.

Quando te apertei a mão
Ao modo de assim-assim,
Senti o meu coração
A perguntar-me por mim.

249.

Só com um jeito do corpo
Feito sem dares por isso
Fazes mais mal que o demónio
Em dias de grande enguiço.

Als ich dir das Händchen drückte
Auf die Weise so und so,
Fragte mich mein eigenes Herze,
Ob ich wäre wirklich froh.

Mit einer leisen Drehung deines Körpers,
Die du nicht einmal bemerkt,
Bist du übler noch als ein Dämon,
Der das Unglück arg verstärkt.

250.

Esse xaile que arranjaste,
Com que pareces mais alta
Dá ao teu corpo esse brio
Que à minha coragem falta.

251.

Tem um decote pequeno,
Um ar modesto e tranquilo;
Mas vá-se lá descobrir
Coisa pior do que aquilo!

Diesen Schal hast umgehangen,
Denn so wirkst du stolz und fest,
Er verleiht dir jenes Feuer,
Das den Mut mir sinken läßt.

So klein der Ausschnitt des Kleides,
Die Miene bescheiden und still.
Und doch gibt's kein übleres Früchtchen,
Das ist's, was sagen ich will.

255.

Caiu no chão a laranja
E rolou pelo chão fora.
Vamos apanhá-la juntos,
E o melhor é ser agora.

258.

Quando agora me sorriste
Foi de contente de eu vir,
Ou porque me achaste triste,
Ou já estavas a sorrir?

Die Orange fiel auf den Boden
Und rollte und rollte ganz weit.
Ich möchte mit dir sie gleich holen,
Denn jetzt ist die richtige Zeit.

Jetzt hast du freundlich gelächelt
Aus Freude, mich wiederzusehn,
Oder fandest du mich gar so traurig,
Und dein Lächeln war schon geschehn?

259.

Boca que o riso desata
Numa alegria engraçada,
És como a prata lavrada
Que é mais o lavor que a prata.

260.

Por cima da saia azul
Há uma blusa encarnada,
E por cima disso os olhos
Que nunca me dizem nada.

Mund mit ganz befreitem Lachen
Allerliebst in Fröhlichkeit,
Wie fein ziseliertes Silber,
Nur kein Silber weit und breit.

Über dem blauen Rocke
Ein feines Mieder so rot,
Und dann über diesen beiden
Die Augen, nichtssagend, tot.

261.

Fazes renda de manhã
E fazes renda ao serão.
Se não fazes senão renda,
Que fazes do coração?

263.

Eu bem sei que me desdenhas
Mas gosto que seja assim,
Que o desdém que por mim tenhas
Sempre é pensares em mim.

Du häkelst am frühen Morgen
Und häkelst am Abend noch spät,
Wenn du gar nichts tust außer häkeln,
Weißt du, ob dein Herz überhaupt schlägt?

Ich weiß wohl, daß du mich verachtest,
Aber dennoch hab' ich das gern,
Im Verachten, das du empfindest,
Bin ich deinen Gedanken nie fern.

266.

Tenho uma ideia comigo
De que não quero falar.
Se a ideia fosse um postigo
Era p'ra te ver passar.

267.

Andorinha que vais alta,
Por que não me vens trazer
Qualquer coisa que me falta
E que te não sei dizer?

Ich habe so einen Gedanken,
Den möchte ich gar nicht gestehn,
Wäre dieser Gedanke ein Guckloch,
Könnt' ich dich vorbeigehn sehn.

Schwälbchen fliegst so hoch da oben,
Warum kommst du nicht hierher,
Um zu bringen, was mir fehlet,
Was das ist, weiß ich nicht mehr.

268.

Tenho um lenço que esqueceu
A que se esquece de mim.
Não é dela, não é meu,
Não é princípio nem fim.

270.

Houve um momento entre nós
Em que a gente não falou.
Juntos, estávamos sós.
Que bom é assim estar só!

Hat ein Tüchlein hier vergessen,
Sie, die an mich nicht mehr denkt.
Nun ist's weder ihrs noch meines,
Ach, das Schicksal sinnlos lenkt.

Eine Zeit gab's unter uns beiden,
Da sprachen wir gar nichts mehr.
Zusammen waren wir alleine,
Uns gefiel Alleinsein sehr.

272.

O moinho que mói trigo
Mexe-o o vento ou a água,
Mas o que tenho comigo
Mexe-o apenas a mágoa.

274.

Tens uns brincos, sem valia
E um lenço que não é nada,
Mas quem dera ter o dia
De quem és a madrugada.

Die Mühle, die mahlet den Weizen,
Wird von Wind und Wasser bewegt,
Doch die Mühle, die ich in mir trage,
Sich nur durch Leiden noch regt.

Deine Ohrgehänge sind wertlos,
Und dein Kopftuch ist gar nichts wert.
Wie gerne wäre ich Herr des Tages,
Wo der Morgen dich verklärt.

278.

Duas vezes jurei ser
O que julgo que sou,
Só para desconhecer
Que não sei para onde vou.

279.

O pescador do mar alto
Vem contente de pescar.
Se prometo, sempre falto:
Receio não agradar.

Zweimal hab' ich schon geschworen,
Daß ich wohl weiß, wer ich bin,
Und dann bin ich völlig ratlos,
Weiß nicht mehr woher, wohin.

Fischer von dem hohen Meere
Kommt vom Fischen froh zurück.
Ich verspreche, kann nicht halten,
Scheue immer vor dem Glück.

280.

Todos lá vão para a festa
Com um grande azul de céu.
Nada resta, nada resta...
Resta sim, que *resta* eu.

281.

Andei sozinho na praia
Andei na praia a pensar
No jeito da tua saia
Quando lá estiveste a andar.

Allen, die zum Fest gegangen,
Hing der Himmel voller Geigen.
Nichts blieb übrig, nichts blieb übrig,
Ich blieb übrig von dem Reigen.

Ging allein am Strand spazieren,
Ging allein, um nachzudenken,
Wie charmant du dort gegangen
Und den Rock du ließest schwenken.

282.

Onda que vens e que vais
Mar que vais e depois vens,
Já não sei se tu me atrais,
E, se me atrais, se me tens.

289.

Duas vezes te falei
De que te iria falar.
Quatro vezes te encontrei
Sem palavra p'ra te dar.

Welle, die du kommst und gehst,
Meer, das geht und kommt in Wogen,
Weiß nicht, ob du mich nun anziehst
Oder mich hast angezogen.

Zweimal hab' ich dich gesprochen,
Und ich wollte dich was fragen,
Viermal hab' ich dich getroffen,
Konnte gar kein Wort mehr sagen.

290.

Velha cadeira deixada
No canto da casa antiga
Quem dera ver lá sentada
Qualquer alma minha amiga.

293.

Olhas para mim às vezes
Como quem sabe quem sou.
Depois passam dias, meses,
Sem que vás por onde vou.

Alter Stuhl in altem Hause
In der Ecke steht verlassen,
Säße dort doch eine Seele,
Die als Freund ich könnt' umfassen.

Schaust mir manchmal in die Augen,
Als wüßtest du, wer ich bin,
Dann vergehen Tage, Monde,
Und du kommst nie zu mir hin.

294.

Quando tiraste da cesta
Os figos que prometeste
Foi em mim dia de festa,
Mas foi a todos que os deste.

296.

Mas que grande disparate
É o que penso e o que sinto.
Meu coração bate, bate
E se sonho minto, minto.

Nahmst die Feigen aus dem Korbe,
Die du mir hast zugedacht,
Freute ich mich wie ein König,
Aber alle hast bedacht.

Alles, was ich denke, fühle,
Hat ja alles keinen Sinn.
Mein Herz schlägt nur dann schneller,
Wenn ich träume, Lügner bin.

298.

Dizes-me que nunca sonhas
E que dormes sempre a fio.
Quais são as coisas risonhas
Que sonhas por desfastio?

300.

A vida é um hospital
Onde quase tudo falta.
Por isso ninguém se cura
E morrer é que é ter alta.

Ja, du sagst, du kannst nie träumen
Und schläfst stets die ganze Nacht.
Was sind das wohl für heitre Dinge,
Die du im Traum hast ausgedacht?

Das Leben ist ein Krankenhaus,
Wo die Mittel fehlen meist,
Deshalb wird man erst entlassen,
Wenn man aufgibt seinen Geist.

301.

Saudades, só portugueses
Conseguem senti-las bem.
Porque têm essa palavra
Para dizer que as têm.

308.

Disseste-me quase rindo:
»Conheço-te muito bem!«
Dito por quem me não quer.
Tem muita graça, não tem?

Saudades – nur Portugiesen
Können fühlen sie recht,
Sie sind Besitzer dieses Wortes
Und sagen es wahrhaft und echt.

Du sagtest mit halbem Lachen:
»Wie sehr gut kenne ich dich!«
Und kannst mich dennoch nicht leiden,
Ist denn das nicht lächerlich?

309.

Que tenho o coração preto
Dizes tu, e inda te alegras.
Eu bem sei que o tenho preto:
Está preto de nódoas negras.

310.

Na praia de Monte Gordo,
Meu amor, te conheci,
Por ter estado em Monte Gordo
É que assim emagreci.

Du sagst, mein Herz sei ganz schwarz,
Und bist darüber erfreut:
Ich weiß, es ist finster geworden:
Durch dunkle Flecken von Leid.

Am Strande von Monte Gordo*
Hab' ich meine Liebste gesehn,
Seit der Zeit nun von Monte Gordo
Ist's um meine Beleibtheit geschehn.

* Monte Gordo = dicker Berg

312.

Este é o riso daquela
Em que não se reparou.
Quando a gente se acautela
Vê que não se acautelou.

316.

Água que passa e canta
É água que faz dormir…
Sonhar é coisa que encanta,
Pensar é já não sentir.

Dort ertönt das Lachen des Mädchens,
Das man gar nicht angeblickt,
Und ehe man sich's versehen,
Schon findet man sich verstrickt.

Wasser, das fließt und das singt,
Wasser, das schläfert uns ein,
Träumen ist das, was verzaubert,
Neben Denken kann Fühlen nicht sein.

Die Vierzeiler 1–56 sind von Georg Rudolf Lind übersetzt worden, 57–316 von Josephina Lind.

Nachwort

Die volkstümlichen Vierzeiler, die wir in dieser Ausgabe den Freunden von Fernando Pessoa anbieten, lagen vergessen in der berühmten Truhe des Dichters. Ein grüner Umschlag mit der Aufschrift »Vierzeiler« enthielt sechzig handgeschriebene Blätter, zu einem Teil in kalligraphischer Schrift, zum größten Teil jedoch schlecht leserlich; ohne die Hilfe meiner Frau und in der Endphase von Jacinto do Prado Coelho wäre meine Transkription unvollständig geblieben. Die 325 Vierzeiler, die wir rekonstruieren konnten, rechtfertigen vollkommen unser Bemühen, denn sie enthüllen eine Facette des großen Dichters, die bisher unbekannt war.

Wer konnte annehmen, daß ein so verstandesorientierter und spekulativer Geist sich herablassen würde, sich einer so einfachen und volkstümlichen Gattung zu widmen, die er selbst in einem unveröffentlichten Fragment für die elementarste der dichterischen Gattungen hielt, der spontane Ausdruck einer Emotion. Das Rätsel klärt sich, wenn wir auf die Daten dieser Kompositionen achten. Die ersten acht Vierzeiler wurden in den Jahren 1907/08 verfaßt, das heißt in Pessoas Übergangsphase vom englisch- zum portugiesischsprachigen Dichter. Es sind die ersten Schritte des jungen Schriftstellers auf dem Gebiet der portugiesischen Poesie; nur die Komposition »Quando ella passa« (»Wenn sie vorbeigeht«, 1902) aus den gesammelten Werken geht chronologisch den ersten Vierzeilern voran und offenbart überdies eine thematische Verwandtschaft mit den Nummern 3–8, die Trauer um einen lieben Menschen, der gestorben ist, bekunden.

Obwohl die Produktion der Vierzeiler erst im

Juli 1934 wieder aufgenommen wird, um bis Ende Juni 1935 weiterzugehen – wenige Monate vor dem Tode des Dichters, wenn wir der Chronologie der datierten Blätter folgen –, dann stoßen wir auf ein Dokument vom 14.4.1914, das uns die anhaltende Liebe von Fernando Pessoa für die Vierzeiler beweist: das Vorwort, mit dem er am »Missal des Trovas« (»Meßbuch der Lieder«) von Augusto Cunha und António Ferro mitarbeitete (Lissabon, Libraria Ferreíra 1914). Wir zitieren den Beginn:

»Der Vierzeiler ist der Blumentopf, den das Volk an das Fenster seiner Seele stellt. Aus dem traurigen Raum des dunklen Topfes heraus wagt die verbannte Grazie der Blumen ihren freudigen Blick.

Wer portugiesische Vierzeiler macht, kommuniziert mit der Seele des Volkes, die schlicht in uns allen wohnt und in sich selbst umherirrt.«

»Das Meßbuch der Lieder« war eine Sammlung jugendlicher Lyrik, von Pessoa mit achtzehn Jahren verfaßt. Die meisten seiner Vierzeiler sind dagegen in der späten Phase seines Lebens entstanden. Wer sich über diese Tatsache wundern mag, sollte sich an die ständige Neigung so subtiler Dichter wie García Lorca und Rafael Alberti erinnern, sich an den Romanzen und Liedern des spanischen Volkes zu inspirieren. Diese Rückkehr zu einfachen Formen der Poesie ist sicher Fernando Pessoa nicht entgangen, der in häufigem Briefwechsel mit spanischen Freunden stand. Zweifellos ist der Vierzeiler in seiner einzigartigen portugiesischen Spielart ein Ausdruck, eine der primären Formen, in dessen Domäne sich der Volkssänger und der gebildete Dichter wiederbegegnen können.

Beim Dichten von Vierzeilern wollte Pessoa sich sicherlich unterhalten und noch eine Maske aufsetzen, dieses Mal die des volkstümlichen Dichters, und er verzichtete absichtlich auf den individuellen Ausdruck seiner vielgestaltigen Seele. Die Randbemerkungen in den Manuskripten sind unter diesem Gesichtspunkt sehr aufschlußreich, denn sie lehnen die Vierzeiler ab, die sich wegen ihres zu persönlichen Tones von der Ursprünglichkeit der Gattung entfernen. (Wenn wir dennoch eine Auswahl einiger dieser abgelehnten Vierzeiler aufnehmen, so deshalb, weil es uns sinnvoll erschien, die Stellen vorzuführen, wo die Vorspiegelung des »volkstümlichen Dichters« zu wanken beginnt.) Aber man sollte nicht vergessen, daß das Jahr 1934, in dem die größte Anzahl der Vierzeiler verfaßt wurde, gleichzeitig das Jahr ist, in dem die »Mensagem« (»Botschaft«) publiziert wurde; die Vierzeiler verkörpern ohne Zweifel eine Huldigung des Dichters an sein Volk und beweisen einen echten Patriotismus, den der

Dichter in einem unveröffentlichten Artikel von 1935 folgendermaßen ausdrückte:

»Intensiv patriotisch sein bedeutet, zuerst in uns das Individuum aufzuwerten, das wir sind, und das Möglichste tun, damit unsere Landsleute aufgewertet werden, damit die Nation, die die lebendige Summe der Individuen ist, aus denen sie besteht – und nicht die Aufhäufung von Steinen und Sand auf ihrem Territorium oder die Sammlung getrennter oder verbundener Worte, die ihren Wortschatz oder ihre Grammatik bilden –, stolz auf uns sein kann, denn sie erschuf uns, wir sind ihre Kinder und ihre Eltern, weil wir weiter an ihr schaffen.«

Ich möchte mich nicht mit einer ausführlichen Analyse der so fein ziselierten und oft so bezaubernden Kompositionen der Vierzeiler aufhalten. Nur einige Merkmale sollen aufgezeigt werden:

die häufige Parallelität zwischen den ersten beiden Versen – ein äußeres Bild, in der Natur beobachtet oder in der Person der Geliebten – und den beiden letzten – die Widerspiegelung dieser Beobachtung in der Seele des Dichters. Ein großer Teil der Vierzeiler wendet sich auf traditionelle Weise an ein Du, an die ferne und fast immer abweisende Geliebte, die der Dichter in unzähligen geistreichen Varianten des liebenden Gefühls hofiert. Oft ähneln sie momentanen seelischen Zuständen und erreichen dann, wie es nicht anders sein könnte, eine Scharfsinnigkeit, in der sich die Seele des Autors widerspiegelt.

Die Zwischenstadien der Seele – »Zwischen Warten und Enttäuschung, zwischen Freude und Leid« – spiegeln sich in diesen kleinen Gedichten.

An einigen Stellen erkennen wir die Klaue des Löwen mit einer noch größeren Klarheit: in der Tendenz zum Paradoxen, deutlich erkennbar in den Nummern 65, 88, 107, 213 im tautologischen Stil, an die Dichtung von Alberto Caeiro anknüpfend, was bei den Nummern 18 und 74 zu beobachten ist, oder dann in der leichten Bosheit, die in den Nummern 142, 144, 235, 310 und anderen durchschimmert. Die Freude am Wortspiel und an der Wiederholung derselben Worte mit einem anderen Sinn äußert sich in den Nummern 16, 21, 134 und 135; und dem aufmerksamen Leser wird die Vorliebe für gewisse Motive und Verbindungen nicht entgehen (Wolke = Traum, Bach = Einsamkeit, Rose = ferne Schönheit). In diesen Vierzeilern werden wir nicht den direkten ergreifenden Patriotismus von dem »Meßbuch der Lieder« wiederfinden, und wenn, dann auf eine diskrete, indirekte Form in der Aufzählung der Merkmale des Volkslebens: Wallfahrt, Basilikumtopf, Rosmarin. Sehr wenige Vierzeiler verzichten auf das geistreiche und scharfsinnige Wortspiel mit der Gestalt eines angebeteten Mädchens, um sich darüber hinaus generellen Aussagen über das Leben zu widmen (62, 300). Sie sind fast so selten wie die Verse, die, weil sie sehr persönlich sind, die Konvention der Gattung übertreten (78, 86, 240, 290, 296).

Zum Schluß möchte ich der verehrten Dona Henriqueta Madalena Nogueira Rosa Dias meinen tiefen Dank aussprechen, daß sie mir in einfühlsamem Verständnis ermöglicht hat, im Nachlaß ihres Bruders zu forschen und daran zu arbeiten.

Georg Rudolf Lind

Georg Rudolf Lind, dem der deutschsprachige Leser das Werk Fernando Pessoas verdankt, ist am 9. Januar 1990 in Malveira da Serra, Cascais, gestorben.

1975 hatte er, zusammen mit Jacinto do Prado Coelho, 325 Vierzeiler von Fernando Pessoa aus dem Nachlaß des Dichters transkribiert und in dem Band *Quadras ao Gosto popular* im Rahmen der portugiesischen Gesamtausgabe erstmals publiziert.

Die vorliegende Auswahl hat Georg Rudolf Lind noch selbst getroffen und zusammen mit seiner Frau Josefina Lind ins Deutsche übertragen.

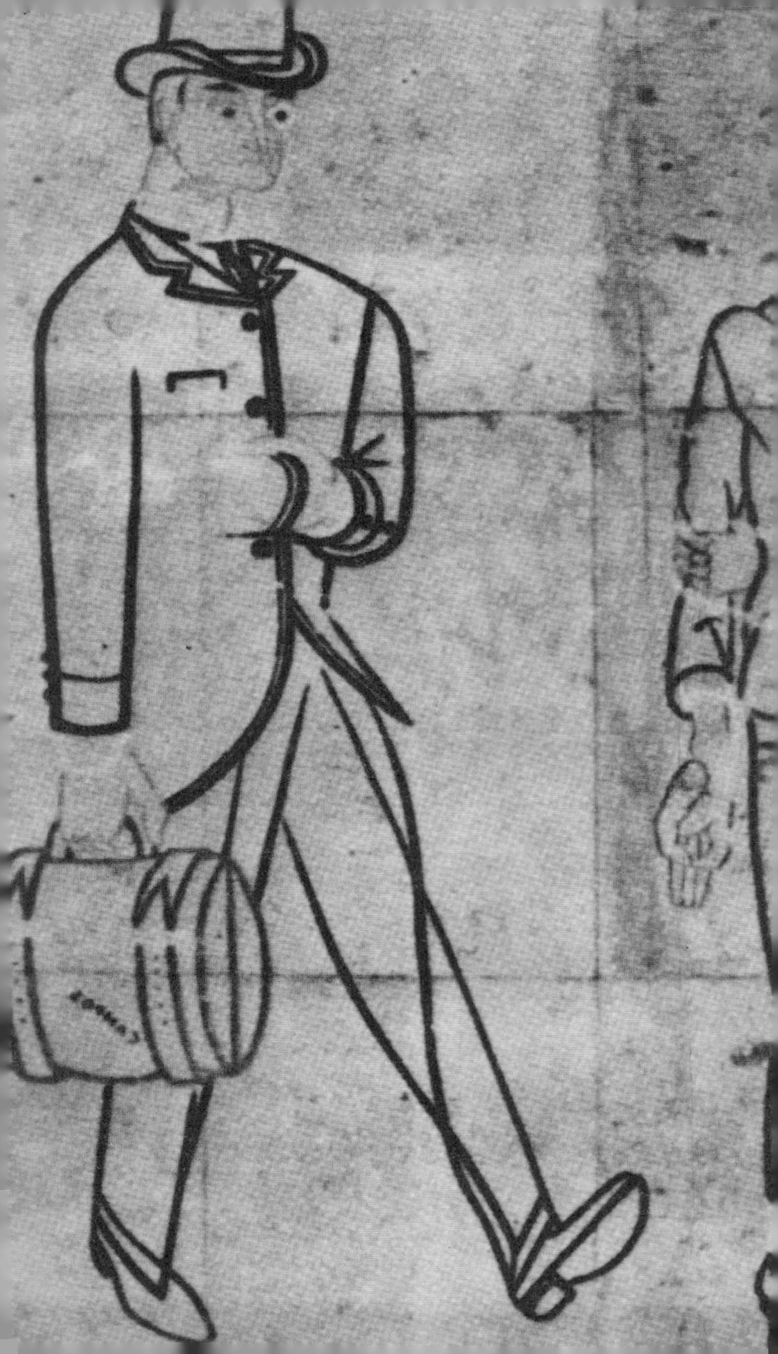